Michael Grejniec

Bonjour,

Bonsoir

Editions Nord-Sud

Il fait nuit.

Il fait jour.

Bonjour!

Je suis dedans.

Je suis dehors.

Je me cache.

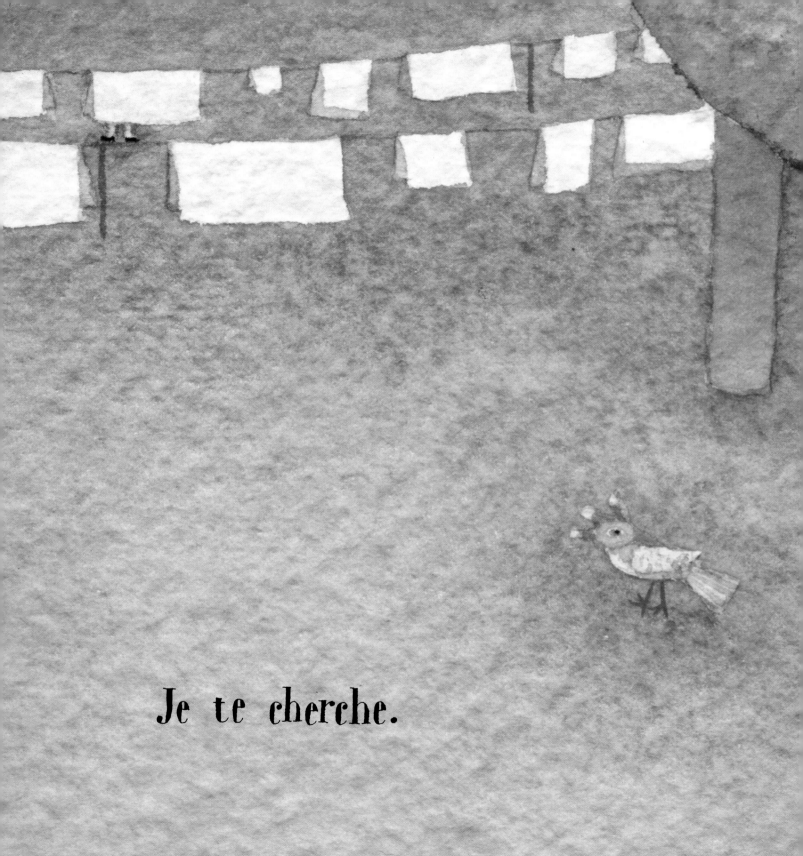

Je te cherche.

J'en ai un.

J'en ai beaucoup.

Je suis par terre.

Je suis en l'air.

Ici c'est calme.

Là c'est bruyant.

On est loin.

On est tout près.

Bonsoir!

Texte français de Michelle Nikly
Titre original: Good Morning, Good Night
Edité par: North-South Books Inc., New York
© 1993 Editions Nord-Sud, pour l'édition en langue française
© 1993 pour les illustrations de Michael Grejniec
Tous droits réservés. Imprimé en Belgique
Loi n° 49-956 du 16 juillet 1949 sur les publications
destinées à la jeunesse. Dépôt légal 1er trimestre 1993
ISBN 3 314 20775 1